쌤통이다

이동배 동시조집

쌤통이야

쌤통이다

이동배 동시조집

문화앤피플

아이들과 함께

아이들은 자라면 어른이 된다. 곧, 아이들은 미래의 어른이다.

이 세상의 모든 어린이들이 바르게 커야 미래의 희망이 될 수 있다. 그래서 아이들은 동시나 동화 등을 많이 읽을 수 있는 환경을 만들어 줄 필요가 있다. 그러면 동심을 올바르게 가꾸고 큰 꿈을 꾸며 올바른 성장을 할 수 있을 것이다.

어느새 많은 우리 아동문학가들의 대부분이 할아버지 할머니가 되어버렸고 이제 아이들에게서 점점 멀어진 어린이의 마음을 읽을 수 없어 어떤 작가는 아이들을 위한 글쓰기를 포기하기도 한다. 그리고 대부분 숙제처럼 의무처럼 동시나 동화를 쓴다. 그러면서도 아이들처럼 울고 웃는다.

이번 글들도 아이들과 함께 하고픈 늙은 작가의 호기심이다. 아이들이 이 글을 읽고 재미있어 할까? 궁금하기도 하다.

우리 주변에 꽃과 나무 그리고 새들과 아이들이 함께 어울려서 이 세상이 동심 가득한 나라가 되어 모두가 행복하기를 기대해 본다.

2024년 8월, 북천 청심연가에서 **이동배**

목차

작가의 말

제1부 법당에 핀 꽃

제2부 쌤통이다

제3부 무궁화 마을

제4부 꽃들이 바라는 것

제5부 가위 바위 보

제1부 법당에 핀 꽃
손 모아
기원하는 데
연꽃처럼 환해요

쌤통이다

법당에 핀 꽃

의곡사* 대웅전에
의젓한 어린 스님

이 절에 오는 손님
반갑게 맞이하고

손 모아
기원하는 데
연꽃처럼 환해요

*의곡사 : 진주시 옥봉동 비봉산 자락에 있는
　　　　신라 문무왕 5년에 창건한 전통사찰

도토리 공양

산등성 오르다가
도토리 주웠어요

멀리서 다람쥐가
살며시 쳐다봐요

엄마는
던져주래요
공양*하는 셈 치고

너희는 잠시 동안
갖고 놀다 버리지만

다람쥐 청솔모는
하루 내내 찾아다녀

겨우내
식량이 되어
소중하게 모은대

*공양 : 부처님 앞에 음식물이나 재물 등을 바침

15

연꽃이 피는 자리

우리 동네 연못가에
연꽃이 피었어요

부처님 탄생하신
동그란 꽃잎 속에

행복이
반짝거리는
효성 어린 연화대*

*연화대 : 불상좌대를 일컬음

절마다 피는 꽃

절마다 피는 꽃은
커다란 효심 연꽃

절마다 피는 꽃은
자비심 많은 연꽃

오늘도
넓은 잎 사위
불쑥 솟아 환해요

탑돌이

초파일날 큰 절에 가
부처님 뵈웠다가

말없이 한자리에
서 있는 탑 주위를

손 모아
기도하면서
"친구해요!" 졸라요

새소리 천국

제비는 지지배배
까마귀 까악 까악

참새는 짹짹 짹 짹
뻐꾸기 뻐꾹 뻐꾹

할머니
과수원에는
많은 새들 노래해요

닭장에서는

시골 계신 할머니 댁
닭장에 사는 식구

시끄러운 닭 15마리
거위 한 쌍, 칠면조 한 쌍

용감한
먹이 도둑 참새
제집인양 드나들어

농장

21

요양병원

부모님 따라서
찾아간 요양병원

나이 많은 친구들이
웃으며 반겨줘요

손잡고
춤도 추면서
노래하며 놀았어요

한 달에 한 번 가는
요양병원 봉사활동

꽃 그림, 종이접기
손동작, 퍼즐놀이

함께 한
시간 시간이
눈에 가득 아른거려요

몽골여행

할머니와 함께 한
4박5일 몽골여행

끝없는 들판에서
말을 타고 달려요

펼쳐진
별들의 잔치
게르*에서 만났어요

*게르 : 몽골 유목민들의 이동식 천막,
　　　이곳에서 모든 생활을 하는 거주지로 수백 명을 수용하는
　　　큰 규모의 게르도 있다.

방구장이 할머니

우리 집 할머니는
귀여운 *방구장이

살짜기 뀌어 놓고
안 뀌었다 설레발에

언제나
큰소리치고
살짝 윙크 하지요

지난해 아프셔서
돌아가신 할머니

엄마가 방구* 뀌고
살며시 웃으면

갑자기
생각이 나요
방구장이 할머니

*방구 : 방귀의 방언

거짓말쟁이 할머니

안 좋은 일이 생기면
내가 먼저 죽어야지

자식이 말썽부리면
내가 먼저 죽어야지

언제나
죽는다 하신
거짓말쟁이 할머니

할머니 강아지

할머니 나 보고는
"아이고 내 강아지"

"어쩌다 내게 왔나!"
"애썼다 우리 새끼!"

날마다
안고 보듬고
어하 둥둥 내 사랑

할머니 나만 보면
"아이고 내 강생이"

예쁘게 인사하면
"이렇게 귀여울까!"

노래를
한 번 부르면
"우리 손자 국민가수!"

할미꽃

흰 머리 수북하게
꼬부랑 허리 숙여

인자한 울 할머니
영감 영감 찾아대더니

오늘은
할아버지 찾아
멀리 멀리 갔대요

쌤통이다

제2부 쌤통이다
그것참
쌤통이다 야
나쁜 짓만 하다가

쌤통이다

쌤통이다 1

친구랑 다투었다
친구랑 싸웠다

친구랑 약속했다
지키지를 못했다

이제는
친구가 없다
그것 참 쌤통이다

쌤통이다 2

골목길 달리다가
부딪혀 넘어졌다

거짓말 자주하다
친구한테 들켰다

그것 참
쌤통이다 야
나쁜 짓만 하다가

며칠간 양치 안 해
앞니가 벌레 먹어

핸드폰 오래 보다
시력이 약해졌대

그것 참
쌤통이다 야
병원가고 불편하제

짝꿍들

우리는 서로서로
정답게 웃어줘요

헤어져 돌아설 때
자꾸만 아쉬워요

만나면
장난질하는
개구쟁이 짝꿍들

에나*가

남강에 홍수 날 때
억수**로 무서웠다

슬레이트 지붕 둥둥
집돼지 꿀꿀 대고

우짜모***
물난리구경
진주사람 다 모였제

*에나 : 진짜의 방언, 하동진주지역은 전남지방과
        경남지역의 방언이 혼용하여 사용됨
**억수 : 물을 퍼붓듯 세차게 내리는 비
***우짜모 : 경남지역의 어쩌면의 방언

학원가기 싫어요

학교수업 마치면
학원으로 달려가

우리 모두 로봇처럼
엄마 지시 지켜요

나는요
친구들 함께
게임하고 싶어요

다이어트 하지 마세요

살 쪄서 고민하던
큰 언니 밥 굶다가

하루 내내 콩 몇 조각
조금씩 먹었대요

어쩌나
현기증 나서
쓰려지고 말았네요

밤마다 라면 먹고
숨어서 과자 먹고

열심히 지 혼자서
배 볼록 먹었대요

먹고는
잠자는 언니
불쌍하고 미워요

우리 집 자가용

내 동생 자가용은
폭신한 유모차

멋쟁이 나 자가용은
세발네발 자전거

울 아빠
출근할 때는
삐까뻔쩍 BMW

울 엄마 자가용은
빠알간 자전거

할머니 자가용은
안전한 유모차

어머나
똑 같은 자가용
할머니와 내 동생

야 타!

돌 나온 밥

밥 속에 돌이 나왔다
모두가 쳐다본다

슬며시 고개 돌린
늘름한 우리 아빠

오늘은
엄마 생일날
아침 밥한 울 아빠

걱정

트랙터가 지나가면
논밭이 깨끗해요

먹을 게 없다고요
참새들이 떠들어요

그러게
벼가 익을 때
농부 애를 태웠니!

콩밭에 비둘기가
걱정이 태산 같아

약 발라 심어 놓아
먹을 수 없잖아요

아서라
농부 마음을
얼마만큼 태웠니!

냠
냠
냠

육해공

어제 복날 가족 외식
삼계탕엔 닭 한 마리

바다 속 귀한 해삼
몸에 좋은 인삼까지

육해공
모두 넣어서
오래 만에 몸보신

거짓말쟁이 엄마 아빠

옛적에 먹을 게 없어
아이들이 굶었어

너희도 이제부터
아끼라는 아버지

냉장고
문 활짝 열면
먹을 것이 천진데

장난감 사달라고
어머니께 졸랐더니

돈 없다 뿌리치고
꾸중만 하는 엄마

어머니
카드 있잖아
카드 갖고 계산해요

쌤통이다 ➡

제3부 무궁화 마을
온 동네
무궁화 꽃길
반가워요 우리 꽃

쌤통이다

무궁화 마을*

우리 집 무궁화꽃
정성껏 심었어요

동네 길목 곳곳에
알뜰살뜰 심었어요

온 동네
무궁화 꽃길
반가워요 우리꽃

* 무궁화 마을 : 하동 북천 상촌마을 2024년 하동군 별천지하동
　　　　　마을가꾸기 1차 사업으로 선정 무궁화꽃 50여 구루를
　　　　　심고 가꿈

호박꽃

호박씨 심어놓고
한 달쯤 되었어요

커다란 호박꽃이
피웠다가 졌어요

날마다
커다래지는
펑퍼짐한 호박들

앵두

빠알간 앵두 앵두
주렁주렁 열렸어요

동생과 오순도순
바구니 가득 따면

앵둣빛
엄마입술은
함박웃음 웃어요

가을꽃

울긋불긋 단풍잎은
가을의 꽃이래요

오색옷 갈아입고
빙그르 춤을 추는

나무가
행복하면은
꽃이 되어 웃어요

나팔꽃

아침에 뛰뛰 따따
요란한 나팔소리

하늘 향해 신이 나서
두 팔 벌려 소리 치고

한나절
방글거리며
빙글빙글 돌아요

빗소리

선생님이 빗소리를 찾아오래
난 갑자기 머리가 아파

비 오는 날 우산 들고
빗소리를 찾아 나섰다

어디에
숨어 있을까?
귀 기우리고 찾아봐

우산에 떨어지는
빗소리 "후드득후드득"

땅바닥에 떨어지는
빗소리 "툭 투툭"

화단에
떨어지는 빗소리
합창처럼 "쏴아 쏴아"

선풍기

하루 종일 빙빙 도는
우리 집 선풍기는

꼿꼿이 쉬지 않고
열심히 일을 해요

시간제
보수를 줘요
힘이 나서 일하게

35°C

메아리

"어머니!" 하고 불러도
"아버지!" 하고 불러도

이쪽저쪽 산허리에서
똑같이 바로 바로

정답고
고운 목소리로
대답하는 메아리

나무는

아무 말도 못하고
꼼짝도 않지만

새들의 노랫소리
아이들의 웃음소리

이 세상
고운 소리만
가득 안고 자라요

개 꿈

나는 야 트롯 신동
드라마 주인공이래

로또복권 당첨 됐대
전교 회장 당선 됐대

모두가
개꿈이래요
아무 것도 아니래

빗방울

우산 위, 지붕 위에
춤추던 빗방울은

꽃밭에 놀러 와서
웃음꽃 피워대요

동그란
함박꽃처럼
벙글벙글 매달려

봄비 매직magic

땅속의 개구리들
겨울잠 깨워 놓고

조그만 꽃씨들도
꿈틀꿈틀 싹을 틔어

봄비는
힘을 줍니다.
어서어서 일어서라고

꽃비

벚꽃이 꽃을 피워
온 세상 환해져요

다함께 손을 잡고
꽃길만 걸어가요

하르르
기분 좋은 날
꽃비 맞아 웃어요

쌤통이다

제4부 꽃들이바라는것
꽃들이
소원하는 것
꺾지 말고 가래요

우리 집 닭장

우리 집 닭장에는
한 마리 황제 수탉

열 마리 암탉들과
오순도순 살아요

살짜기
몰래 들어온
참새들도 배가 통통

꽃들이 바라는 것

아무리 예쁜 꽃도
만지면 싫어해요

산과 들 홀로 핀 꽃
그대로 나두세요

꽃들이
바라는 것은
쳐다보고 가는 것

76 쌤통이다

담장 위 능소화도
길가의 민들레도

키 작은 채송화도
커다란 해바라기

꽃들이
소원하는 것
꺾지 말고 가래요

자귀나무

배고픈 송아지가
맛있게 먹었다는

수북한 꽃봉오리
잘 펴진 부채나무

놀랐지
온 동네 소들
몰래 와서 먹었다는

겨울나무

알록달록 단풍잎이
물들인 가을 숲도

잎들이 다 떨어진
겨울에는 추워요

헐벗은
빈 가지들만
오들오들 떨어요

홍시 도둑

가지마다 주렁주렁
탐스럽게 열렸어요

감나무 끝가지에
빠알간 홍시 하나

까치가
오늘 아침에
몰래 찍어 먹었어요

까치와 사과나무

설날에 까치 울면
반가운 손님온대

이쁘다! 착한 새다
노래도 불렀는데

아빠는
사과밭에서
총소리로 혼내요

사과가 익어가면
잽싸게 찾아와서

잘 익는 사과 골라
콕 찍어 먹어대요

아빠는
그물 씌우며
욕을 하고 쫓아요

나무가 주는 것들

나무가 주는 그늘
모두가 시원해요

나무가 주는 열매
모두가 좋아해요

죽어도
편한 의자로
우리에게 다줘요

꿀벌

꽃이 피면 달려오는
뒷집 사는 꿀벌들이

이 꽃 저 꽃 찾아다녀
꽃가루 묻혀 놓고

입 속에
가득 담아서
아기 꿀벌 먹인대요

뒷집에 다닥다닥
나란한 집집마다

꿀벌들 들락거려
꿀통이 가득가득

달콤한
꿀들 모아서
찰떡 찍어 먹어요

매미

우리는 더워서
땀이 줄줄 흐르는 데

매미는 기분이 좋아
노래만 불러대네

매미는
트롯가수인가 봐!
모두모두 기분 좋아

우리는 그늘에서
땀을 식히는 데

매미는 배부르다고
배를 슬슬 문지르네

그런데
배에서 소리가!
방귀소리도 아니구!

가을 들판

베짱이 친구들은
들판이 큰 운동장

메뚜기 풀무치랑
여치랑 달리기하고

온종일
놀다 지치면
시끌벅적 노래해

매미도 놀려와 서
즐겁게 노래하고

잠자리 씽씽 나는
파아란 가을 하늘

오똑 선
허수아비는
가을들판 지켜요

쌤통이다

제5부 가위바위 보
살며시
주먹 졌다가
꿈 펼치며 웃네요

쌤통이다

가위 바위 보

새봄이 기지개로
수줍게 가위 내고

꽃들은 올망졸망
오뚝오뚝 망울져요

살며시
주먹 졌다가
꿈 펼치며 웃네요

86

이 소원은 다 이뤄져요

새해에 모두 모여
소원을 말해 보렴

내 동생 "빨리 커서
형 학교 다닐 거야"

나는야
세계 각국의
친구들과 놀 거야

엄마는 살 좀 빼서
날씬한 몸매 갖고

아빠는 승진하여
대대장이 되고 싶대

누나는
멋진 친구랑

사귀고 싶다지요

봄바람

봄바람 놀다 가면
온 들판 들썩들썩

샛노란 새싹들
겨울잠 개구리들

봄소식
달려왔다고
봄동산은 야단법석

봄바람 찾아와서
꽃소식 전해주면

모락모락 아지랑이
양지쪽에 춤을 추고

뒷동산
송화꽃구름
뭉게뭉게 피워내요

우리 반 친구들

아픈 친구 도와주는
정다운 친구들과

착한 친구 칭찬하는
마음씨 고운 친구

모두가
장난꾸러기
떠들썩한 우리 반

빗소리는

봄비가 노래해요
쑥쑥 쑥 힘내래요

여름비 쏟아져요
얼른 얼른 커라고요

가을비
소곤대면서
빙글빙글 춤춰요

눈이 왔어요

밤사이 하얀 눈이
소리 없이 내렸어요

아무도 모르도록
소복소복 쌓였어요

엄마는
기분이 좋아
방글방글 웃어요

동생은 아빠하고
눈사람 만들어요

대머리 머리통에
동그란 몸뚱아리

추울까
고깔모자를
씌어 놓고 웃지요

동시- 낚시

긴 장대 낚싯줄 매고
찌 끼우고, 바늘 달고

할아버지랑
선창가 앉아
바늘에 기다란 지렁이 끼워

미끼로
"물어라! 물어라!"
꼬우고 꼬아도
찌는 꼼작 않아요

투덜대는 내게
할아버지는
세월을 낚는대요!

세월이
지렁이 미끼를 물어요?

1- 엄마는 나만 보면

엄마는 나만 보면
공부 좀 하래요

내가 공부벌레인줄 아나 봐요

엄마는 나만 보면
장난 좀 그만 하래요

내가 장난만 치는 줄 아나 봐요

엄마는 나만 보면
청소 좀 하래요

내가 청소부인 줄 아나 봐요

엄마! 나는요
공부벌레도 아니고요
장난꾸러기도, 청소부도 아니에요

조개껍데기

파도는 춤을 추다
부딪혀 멍이 들고

해초는 춤을 추다
정답게 노래해요

바닷가
조개껍데기
예쁜 사연 모아요

달력

새해에 나온 달력
빨간색 공휴일들

달력에 동그라미
엄마 아빠 내 생일

공휴일
국가공휴일
많은 달력 좋아요

108 쌤통이다

나쁜 손

엉큼한 아저씨 손
남몰래 훔치는 손

괜스레 때리는 손
남의 것 탐내는 손

나쁜 짓
많이 하는 손
소독하면 어떨까?

삐삐*

언덕 위 친구들이
삐삐 뽑아 먹었어요

봄 오는 길목에서
옹기종기 모여 놀며

봄소식
전하려다가
덥석 잡혀 뽑혔어요

*삐삐 : 무선호출기가 아닌 삘기의 사투리, 띠의 새로 나온 어린 싹

쌤통이다

초판인쇄 2024년 8월 20일
초판발행 2024년 8월 20일

지 은 이 | 이동배
펴 낸 이 | 이해경
펴 낸 곳 | (주)문화앤피플뉴스
등록번호 | 제2024-000036호
주   소 | 서울 중구 충무로2길 16, 4층 403호 (충무로4가, 동영빌딩)
대표전화 | 02)3295-3335
팩   스 | 02)3295-3336
이 메 일 | cnpnews@naver.com
홈페이지 | cnpnews.co.kr
편집,디자인 | 이해경

정 가 : 13,000원
ISBN 979-11-987713-3-9(03810)